For Evie

with special thanks to Ciara Cullen and Ken Hughes

P.J.L

THE GIFT OF THE MAGI
Illustrations©2008 P.J.Lynch
Published by arrangement with Walker Books Limited,London SE11 5HJ.
through Japan UNI Agency,INC.,Tokyo.
All rights reserved.
No part of this book may be reproduced,transmitted,broadcast or stored
in an information retrieval system in any form or by any means,
graphic,electronic or mechanical,including photocopying,taping and recording,
without prior written permission from the publisher.

賢者の
贈り物

The Gift of the Magi

O・ヘンリー
P. J. リンチ 絵

齊藤 昇 訳

いそっぷ社

賢者の贈り物

The Gift of the Magi

O・ヘンリー
P.J.リンチ 絵

齊藤 昇 訳

いそっぷ社

1ドル87セント。

それがすべてだった。しかも、そのうちの60セントはペニーコイン（1セント硬貨）をかき集めたものだ。

そうした小銭すらも食料雑貨店や八百屋や精肉店で買い物をするたびに1セント、あるいは2セントとさんざん値切りたおして貯めてきたものである。これまたずいぶんとしみったれた買い方をするものだから、周りからの冷ややかな視線に晒(さら)されて、つい頬(ほお)を赤らめてしまうほどであった。デラは3度それを数えてみた。やはり1ドル87セントに変わりはなかった。明日はクリスマスというのに。

　そんな時にできることは、せいぜい使い古した小さめなカウチソファに深々と身を沈め、大声をあげて泣くことぐらいだろう。だから、デラはそうした。むせび泣いたり、すすり泣いたり、そして微笑んだりすることは人の世につきものである。もっとも、すすり泣く場面が他に比べて圧倒的に多いのだが。

　さて、この家の主婦デラがそっと涙をぬぐって次第に気持ちの高ぶりを落ち着かせていく間に、部屋の中を少しばかり覗いてみよう。それは週8ドルの家具付きの粗末な部屋である。さすがに見るに堪えないほどの惨状とは言えないまでも、どうやら浮浪者を取り締まる警官隊の鋭い眼光には用心した方がよさそうだ。

　階下の玄関口には、およそ手紙など届きそうもないようなメールボックスがあった。押しボタン式の呼び鈴は誰がどのように試みてもまったく鳴らないし、そこには「ジェイムズ・ディリンガム・ヤング」（James Dillingham Young）と記された表札代わりの名刺が張り付けてあるだけで、その貧しさの一端を垣間見る思いがした。
　以前のように週30ドル稼いでいた羽振りがよい時期には「ディリンガム」（Dillingham）という文字も、そよ吹く風に靡いてゆらゆらと揺れているように感じられたものだが、今では収入が週20ドルに激減してしまっているので、「ディリンガム」（Dillingham）の文字全体が霞んでぼやけて見え、慎ましく頭文字のDだけに留まろうと真剣に考えているように思えた。

しかし、夫のジェイムズ・ディリンガム・ヤングがアパートの階上の部屋に足を踏み入れるやいなや、すでにデラという呼び名で読者の皆さんに紹介済みの美しい妻から「ああ、ジムっ！」と優しく声をかけられ、二人は熱烈な抱擁を交わすのである。なんて素敵で微笑ましい光景だろうか。

さて、デラはひたすら泣きはらすと、涙に濡れたその頬を化粧でなんとか取り繕って、部屋の窓の傍に呆然と立ちすくんだまま灰色の裏庭の灰色の塀の上を灰色の猫が歩いているのをじっと眺めた。

明日はクリスマスである。それなのに手持ちのお金はたった1ドル87セント。そんなわずかばかりのお金で最愛のジムにクリスマスのプレゼントを買わなければならないかと思うと、はなはだ心許ない。

彼女はここ数か月というもの、こまめに小銭を貯め、せっせと日々節約に励んできたが、いざ蓋を開けてみると、ご覧の有様である。週20ドルのわずかな収入だと、大それたことはできないものだ。概して支出は当初想定していたよりも大幅に超過してしまい、どうしても予期せぬ出費を招いてしまう。それはよくあることだ。いずれにしても、1ドル87セントぽっちというごくわずかなお金で、愛しいジムにプレゼントを買わなければならないのである。大好きな夫ジムに！　彼にどんな素敵なプレゼントを贈ったらよいものか、それを考えるだけで心が躍り、楽しい時間の流れに身を任せた。どこか上品さが漂う美しいもの、なおかつどこにでもありそうな品ではなくて真物であること。ジムがそれを身に着けるだけで、少しでもその名声を高め付加価値を向上させるような掘り出し物を探し当てようと躍起になった。

　部屋の窓と窓の間には姿見用の壁掛け鏡があった。それは週8ドルほどの安い家賃の部屋で、たぶんよく見かけるごくありふれた縦長の鏡である。かなりほっそりとした体つきをしていて、しかも俊敏で巧みな動きを身に付けていれば、幅の狭い縦長の鏡に映った自分の姿を上手につなぎ合わせることにより、ありのままの姿をどうにか把握することができるだろう。デラは痩せていたこともあり、そのコツを摑んでいた。

　窓辺に佇んでいたデラは不意に向きを変えて鏡の前に立った。彼女の瞳にはキラッと光るものがあったが、20秒もしないうちに顔色を失った。デラは結んだ髪の毛を素早く解くなり、それ本来の長さいっぱいまで垂らした。

ところで、ジェイムズ・ディリンガム・ヤング夫妻には、とても自慢できる大切な二つの宝物があった。

　その一つはジムがいつも身に着けている金の懐中時計である。それは祖父から父親へと譲られ、そして今はジムが愛用している先祖伝来の家宝だ。

　もう一つはデラの美しい髪の毛である。たとえば、シバの女王が路地を挟んだ向こう側のアパートの部屋に住んでいたとして、ある日、デラが部屋の窓から洗い髪を乾かそうと垂らしただけで女王の高価な宝石類や献上品などはその価値を失うだろう。それほど美しい髪の毛なのだ。また、あくまでも仮定の話だが、ソロモン王がこのアパートの管理人で地下にすべての財宝を隠し持っていたとする。ジムが傍を通るたびに例の懐中時計を取り出せば、ソロモン王は妬ましく思う気持ちを抑えることができずに思わず顎鬚を掻きむしるに相違ない。

　デラの美しい髪は、まるで褐色の滝のようにキラリと輝きを放った。髪は波打ち、体に優しく触れながら、すっと下に落ちて膝まで包み込む。それはまるで衣装の一部と化しているような風情だ。デラはせかせかと気ぜわしい手付きで、再び髪を結い上げた。彼女は一瞬、躊躇って立ち尽くすと、涙のしずくが一粒、二粒と頬を伝い、ボロボロに擦り切れた赤い絨毯の上に落ちた。

　デラは着古した茶色のジャケットを纏い、朽ちた古い茶色の帽子を被った。スカートの裾を翻して、まだ目にキラッと光る涙を溜めたままドアを開け、階段を駆け下りて表通りに出た。

街をおもむろに歩いてゆくと、「マダム・ソフロニー／ヘアグッズ一式」という看板がいきなりデラの目に飛び込んできた。彼女は店の入り口までの階段を一気に駆け上がった。それから荒い息をあわてて鎮めた。マダムの様子は「ソフロニー」という名前から受ける印象とは異なり、大柄であまりに色白な上に冷たい感じのする女性だった。
　「私の髪を買って頂けますか？」と、デラは尋ねた。
　「はい、承りますよ」と、マダムは答えた。「では、帽子を脱いでください。それから髪を拝見しましょう」。
　その褐色に輝く髪は、うねりながら滝のように下に落ちた。
　「20ドルですね」と、マダムは慣れた手つきでボリュームのある髪を持ち上げながら言い放った。
　「では、その20ドルを今すぐ頂けないでしょうか」と、デラは一言添えた。

それから2時間というもの、あたかもバラ色の翼にでも乗っているかのような、なんとも心地よい感覚を味わった。ああ、そんな陳腐な比喩を操ったところで仕方のないこと。彼女は街の隅々まで飛び回り、ジムへのクリスマス・プレゼントを探し求めた。

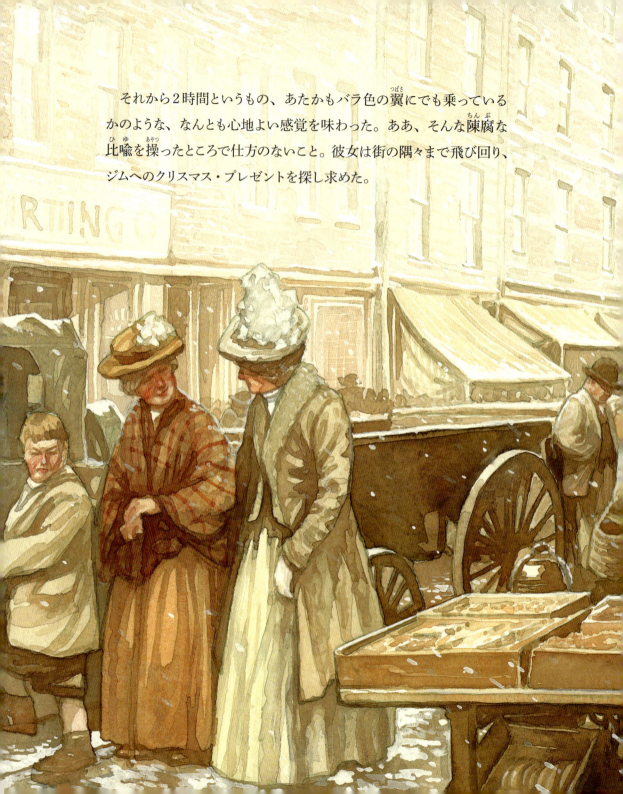

彼女はとうとうお目当てのものを見つけた。それはジムのために用意されたもので、他の誰のためでもないように思えた。店を一軒一軒覗きながら丹念に探したが、これほどまでに素晴らしい値打ち物を見つけ出すことはできなかった。それは質素で清楚なデザインに仕上げられたプラチナ製のフォブチェーン（懐中時計用の提げ鎖）だった。派手な装飾が施されたものではなく、そのままで価値ある存在として誇れる極上の代物である。良質と称されるすべてのものは、本来そういうものだろう。そのフォブチェーンはジムの懐中時計にまことにふさわしかった。デラはそれを見つけた瞬間、これこそジムのものになるべきだと直感した。とにかく、それはジムが身に着けるのに適していた。実に落ち着いた深みと品格を備えた至高の逸品である。この表現はジムとフォブチェーンの両方に当てはまる。フォブチェーンの代金は21ドル。彼女は残りの87セントを握りしめると家路を急いだ。ジムは懐中時計にこのフォブチェーンを付ければ、きっと人前でも気兼ねなく、ポケットから取り出して時間を確かめることができるはずだ。今までは懐中時計が立派であっても、フォブチェーンの代わりの使い古した革ストラップを妙に意識するあまり、彼はこっそりと懐中時計を覗き込むことがたびたびあった。

デラは家に帰ると、一時の陶酔から覚めて少しばかり分別と理性が戻ってきた。彼女は巻き髪を作るヘアアイロンを取り出して、見るも無残な姿に変わってしまった髪の補修に取りかかった。それは愛情に生来の気前の良さが加わって生じた結果に他ならない。当然のことだが、このような綻びを繕うことはなかなか容易でない。そのことは読者の皆さまもご存じの通り。彼女も多大な苦労を余儀なくされた。

そうして、40分もしないうちに小さなくるくるっとしたカールを仕込んだ髪の毛でいっぱいになった。それはまさに学校をサボったやんちゃな男の子のような格好だ。彼女は鏡の中に映った自分の姿をしげしげと眺めながら愚痴をこぼした。

「ジムは私を一目見るなり、殺したいと思うほどの激しい感情を抱かないまでも、コニーアイランド(ニューヨーク市ブルックリン区の南端にあるリゾート地)のコーラスガールのようだねって、その程度の軽い嫌味くらいは言うだろうなぁ。でも、私に一体、何ができたと言うの。そうでしょ! たった1ドル87セントで何ができると言うのよ?」

　夜の7時になると、コーヒーの準備ができた。そしてフライパンも熱くなり、いつでもお肉を焼く用意が整った。

　これまで、ジムの帰りが遅くなるようなことは一度もなかった。デラはフォブチェーンを二つに折り畳んで握りしめ、いつもジムが入ってくるドアの近くのテーブルの隅に座って待った。すると、アパートの下の最初の階段を上がるジムの足音がデラの耳に届いた。デラの顔から一瞬、血の気が失せた。彼女には日常のほんの些細なことであっても小さな声で静かに祈りの言葉を口ずさむ癖があった。その時もそうした。デラは誰にも聞こえないほどの小声でぽつりと呟いた。

　「どうか神様、お願いです。彼に思わせてほしいの！　私が今でも可愛い女の子だって！」

　ドアが開いた。ジムは部屋の中に入ると、そっとドアを閉めた。

彼はやせ衰えているように見え、しかも真面目くさった神妙な表情がうかがえた。それもあってか、不憫に思えて仕方なかった！　まだ22歳という若い身空なのに、彼は世帯という重荷を背負って生きているのだ！　くたびれてきたコートは買い替え時だったし、かじかむ手には手袋も必要だった。

　ジムは部屋に入るなり、まるで鶉の匂いを嗅ぎつけたセッター犬のように微動だにしなかった。ジムの視線はデラにじっと注がれた。その瞳からはいかなる感情も読み取ることができない。そのことが彼女を怯えさせた。それは怒りでも驚異でも非難でもない、ましてや恐怖でもなかった。デラが覚悟していたどんな感情でもなかったのだ。ジムは何とも言えず不可思議な表情を浮かべながら、ただ一心にデラを見つめるだけだった。

　デラは身をよじってテーブルから離れると、ジムの方へと向かった。

「まったくジムってば！」と、彼女は声高に言った。「そんな風に私を見ないでよ。髪を切って売っちゃったの。だって、あなたにプレゼントを渡すこともできないクリスマスなんてありえなかったから。どうしてもそれだけは避けたいと思ったのよ。髪の毛はまたすぐに伸びるから安心して、ねっ!?　私にはそうするしか方法がなかったの。私の髪の毛って、伸びるのがとても早いから大丈夫よ。ねえ、それよりメリー・クリスマスと言って頂戴！　ジムっ！　今日は二人で楽しい時間を過ごしましょう。あなたはまだ知らないけど、あなたへの贈り物は、とても素敵なものなのよ！」

「髪の毛を切ったんだね?」と、ジムはやっとの思いで重い口を開いた。一所懸命に知恵を絞って考えたにもかかわらず、いまだにその明白な事実を呑み込めないかのようであった。

「そうよ、髪を切って売ったの」と、デラは言った。「でも、これまで通りに優しくしてくれるわよね?　髪の毛が無くなったって、私は私だもの。そうでしょ?」。

ジムは好奇心に駆られて部屋の中を見回した。

「つまり、君の髪は無くなっちゃったということだね?」と、彼はどこか呆然としたような表情を浮かべながら言った。

「そうなの。だから、もう探さなくてもいいのよ」と、デラは言った。「売っちゃったんだから仕方ないじゃない。さっきも言ったでしょ。髪の毛を売ってしまったから無くなったの。今日はクリスマス・イヴよ。いつもみたいに優しくしてね。あなたをとっても愛しているから、思い切ってそうしたんだもの。たぶん、慈悲深い神様が私の髪の毛の数を数えてくださったでしょう」デラは突然、甘えた調子を醸しながら言った。「でも、私がどんなに深くあなたを愛してるかなんて、誰にも分かりはしないわ。さあ、ジムっ！　そろそろお肉を焼きましょうか?」

ボーっとして心ここにあらずの状態だったジムは、ハッと素早く正気を取り戻したように思えた。彼はデラをおもむろにギュッと抱きしめた。話の本筋から少しだけ離れて、特に取り立てて言うほどのことではないが、次のことには一体どんな意味があるのか、真剣に考えてみようではないか。すなわち、週に8ドルと年に100万ドル、果たしてその違いは何だろうか。ただし、数学者とか才人の知恵袋に頼ったところで、正しい答えが得られるとは限らない。なにしろ、東方の三人の賢者たちの贈り物の中にも、その答えを見出すことはできなかったのだ。その謎めいた問いの答えは後ほど触れることにしよう。

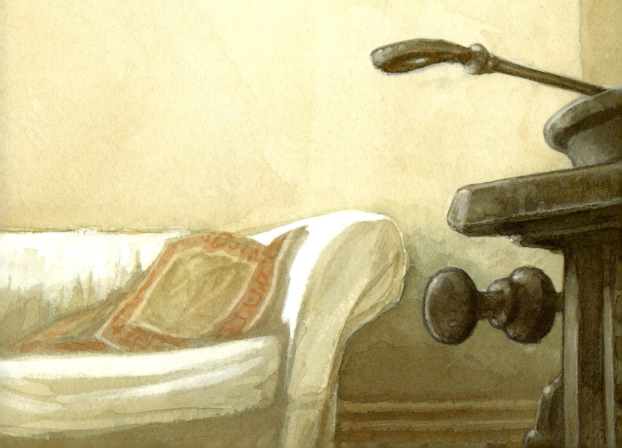

ジムはコートのポケットから小さな包みを取り出して、それをテーブルの上に載せた。

「ねぇデラ！　誤解しないで聞いてほしいんだけど」と、ジムは言った。

「髪を切ろうが、剃ろうが、洗おうが、君がそれでいいなら僕は構わないよ。そんなことで君への愛情が冷めるはずもないんだから。ただ、その包みを解けば、最初、僕がしばらく唖然としてしまった理由が君にも分かると思うよ！」

デラの白魚のような細い指が素早く、その包みを紐解いた。すると、彼女は歓喜に咽ぶ声を漏らした。それから、ああっ！と、思わず叫んだ。たちまち彼女は興奮して感情をおさえきれず、激しく泣きわめきだしたため、早速、この部屋の主人はありとあらゆる慰めの手段を講じる必要に迫られてしまったのだ。

その包みの中から出てきたのは横櫛と後ろに挿す髪飾りが詰められた櫛一式であった。それはブロードウェイの店のショーウインドウに陳列されていた品物で、これこそデラが前からずっと欲しいと思っているものだった。いずれも美しい光沢を放つべっ甲の櫛で、縁に宝石が散りばめられていた。あの無くなった艶やかな美髪に挿して添えるには、まさにうってつけの色合いと言えるだろう。むろん、それらが高価な品であることをデラは知っていた。

デラはそれをただ羨望の眼差しで見つめるだけで、よもや自分のものになろうとは想像もしなかった。だが、現実にその素晴らしい櫛がデラのものになったのだ。しかし、皮肉にも櫛を飾るべくあの自慢の髪は、もはや無くなってしまっていた。

　それでも、彼女はその美しい櫛を胸にしっかりと抱いた。そして、彼女は潤んだ目でようやく天を見上げてニコッと笑みをこぼしてこう言った。「さっきも言ったでしょ！　私の髪の毛って結構伸びるのが早いの、ジムっ！」

それから、デラはまるで毛が焦げた子猫のように飛び上がり、「そうよ、そうなのよ!」と叫んだ。

　ジムはまだデラからの心のこもったプレゼントを見ていなかった。デラははやる気持ちを抑えながら、それを掌の上にのせて差し出した。重厚な存在感を放つプラチナが彼女の熱い心の内を反映してか、キラッと輝いたように思えた。

　「ねぇ、どう？　素敵でしょ、ジム！なにしろ、あちこち探し回ってやっと見つけたんだから。もうこれで、一日に何百回でも時間を気にして懐中時計を取り出すことができるわよ。さぁ、あなたの懐中時計を差し出して。それにこのフォブチェーンを付けたらどんな感じかしら？」

ジムはデラに言われるがままに懐中時計を手渡すことはなかった。その代わりに彼はカウチソファにそっと身を投げかけて頭の後ろで両手を組んで微笑んだ。
「どうだろうか、デル！」と、ジムはデラに向かって話しかけた。「僕たちのクリスマス・プレゼントは、しばらくそのままにしておこうよ。二つともすこぶる上等な品だけど、皮肉なことに今は使えそうもない。白状すると、僕はあの懐中時計を売ってしまって、そのお金で君に櫛を買ってあげたんだよ。さてと、それではお肉を焼いてもらおうかな」

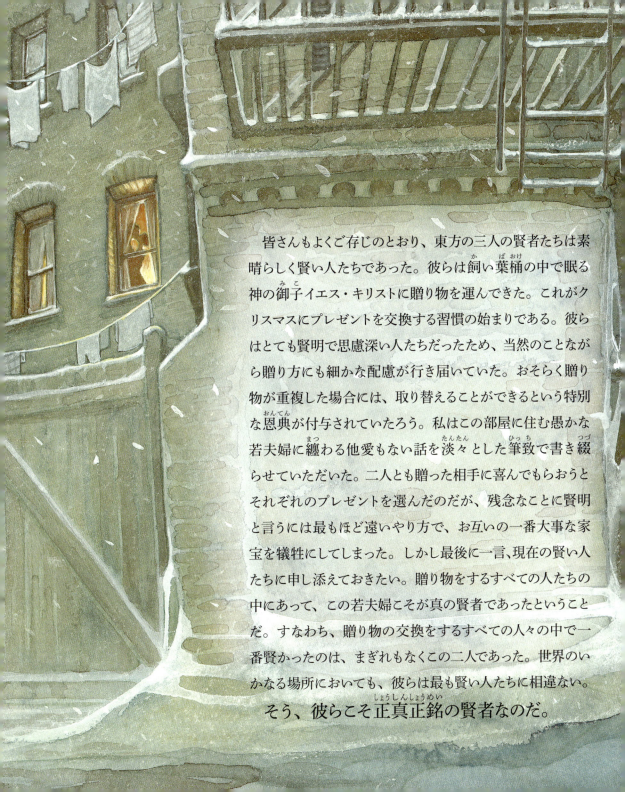

皆さんもよくご存じのとおり、東方の三人の賢者たちは素晴らしく賢い人たちであった。彼らは飼い葉桶の中で眠る神の御子イエス・キリストに贈り物を運んできた。これがクリスマスにプレゼントを交換する習慣の始まりである。彼らはとても賢明で思慮深い人たちだったため、当然のことながら贈り方にも細かな配慮が行き届いていた。おそらく贈り物が重複した場合には、取り替えることができるという特別な恩典が付与されていたろう。私はこの部屋に住む愚かな若夫婦に纏わる他愛もない話を淡々とした筆致で書き綴らせていただいた。二人とも贈った相手に喜んでもらおうとそれぞれのプレゼントを選んだのだが、残念なことに賢明と言うには最もほど遠いやり方で、お互いの一番大事な家宝を犠牲にしてしまった。しかし最後に一言、現在の賢い人たちに申し添えておきたい。贈り物をするすべての人たちの中にあって、この若夫婦こそが真の賢者であったということだ。すなわち、贈り物の交換をするすべての人々の中で一番賢かったのは、まぎれもなくこの二人であった。世界のいかなる場所においても、彼らは最も賢い人たちに相違ない。そう、彼らこそ正真正銘の賢者なのだ。

訳者あとがき

　短編小説の名手として知られるO・ヘンリー（本名：ウィリアム・S・ポーター）は1862年に
ノースカロライナ州グリーンズボロで生まれました。1902年、ニューヨークに移って終の棲
家として選んだ地は、ユニオン・スクエア近くのアーヴィング・プレイス55番地ですが、この
小路の名はO・ヘンリーが私淑したアメリカ・ロマン派の文豪ワシントン・アーヴィングの名
に由来します。その住居のすぐ斜め向かいには、本書「賢者の贈り物」を執筆したと言われ
る老舗のパブ＆レストラン「ピーツタバーン」（1864年創業）が佇みます。ちなみに、この店は
現在も〈Welcome To The Tavern O.Henry Made Famous!〉（O・ヘンリーが有名にした
酒場へようこそ！）という看板を掲げて、この作家に静かなオマージュを捧げています。

　O・ヘンリーはテキサスの州都オースティンの土地管理事務所での製図工補佐を経て、当
地のファースト・ナショナル銀行の出納係へと転職します。この頃にその生涯で最大の危機
ともなった公金横領の疑惑が表面化し、裁判では5年の実刑判決が下るのですが、実際に
は模範囚として3年3か月で受刑期間を終えています。結果的には、この獄中生活が作家
としての方向性に重要な意味をもたらすことになります。すなわち、獄中でのさまざまな囚人
たちとの語らいを通して誕生した作品群には、人間の魂の奥深くにまで入り込み、細やかに
揺れ動く心情が絶妙に表現されているからです。

　彼が遺した膨大な数の作品群の中で最も高い人気を誇る本書「賢者の贈り物」は、この
文豪が情感あふれる繊細な人間模様を切なくも美しく描き尽くした逸品で、一読忘れがたい
余韻を残す至高の愛の物語と言えるでしょう。本書の途中で「週に8ドルと年に100万ドル、
果たしてその違いは何だろうか」という謎めいた問いが読者に投げかけられています。愛の
価値を金銭で測るのなら年に100万ドルの生活が望ましいでしょうが、この若い夫婦のよう
に困窮にあえぐ生活でも「相手のことを大切に思う気持ち」があるのなら、彼らの美しい所
作こそが賢者の振る舞いと呼ぶにふさわしいのではないか。O・ヘンリーはそんなメッセー
ジを100年後の我々に訴えているのではないでしょうか。

齊藤　昇

O・ヘンリー (1862〜1910)

アメリカ・ノースカロライナ州生まれ。見習い薬剤師、製図工補佐を経て銀行の出納係を退職後に公金横領の疑惑が表面化し、裁判で5年の実刑判決を受ける。獄中で小説を書きはじめ、模範囚として3年余りで出獄後は、ニューヨークで本格的な作家生活に入る。本書「賢者の贈り物」と並び称される「最後の一葉」の他に「警官と讃美歌」、「二十年後」など、亡くなるまでの10年間で約280の短編を残した。市民の哀歓を描き出すのに優れ、アメリカ文学史上で屈指の短編の名手といわれる。

P.J.リンチ

1962年、北アイルランドの首都ベルファストで生まれた。後にイギリスに渡り、ブライトン芸術学校 (現在のブライトン大学) に入学。卒業後は主に児童書のイラスト画を手がける。1995年に『クリスマスのきせき』(スーザン・ウォジェコウスキー作、宮帯出版社)、97年に『ジェシーが海を渡った時』(*When Jessie Came Across the Sea*) で2度にわたってケイト・グリーナウェイ賞を受賞。『クリスマスのきせき』は全米だけで100万部以上の売上を記録している。他の著書に『きみの声がききたくて』(オーウェン・コルファー作、文研出版)、『おじいちゃんと森へ』(ダグラス・ウッド作、平凡社) など。

齊藤　昇 (さいとう・のぼる)

立正大学文学部教授。著書に『「最後の一葉」はこうして生まれた──O・ヘンリーの知られざる生涯』(角川学芸出版) など。訳書にJ・スタインベック著『ハツカネズミと人間』(講談社文庫)、W・アーヴィング著『ウォルター・スコット邸訪問記』『ブレイスブリッジ邸』『スケッチ・ブック (上)・(下)』(以上、岩波文庫)、『アルハンブラ物語』(光文社古典新訳文庫) など。

賢者の贈り物

2024年11月20日　第1刷発行

文	O・ヘンリー		発 行 者	首藤知哉
絵	P. J.リンチ		発 行 所	株式会社いそっぷ社
訳	齊藤　昇			〒146-0085
装　幀	長坂勇司			東京都大田区久が原5-5-9
				電話　03 (3754) 8119
本文DTP	株式会社ウエイド (山岸　全)			
印刷・製本	シナノ印刷株式会社			

落丁・乱丁本はおとりかえいたします。　本書の無断複写・複製・転載を禁じます。

ISBN978-4-910962-09-2　C0095
定価はカバーに表示してあります。